가을의 뜨락에서

가을의 뜨락에서

조 우 신 시 화 집

개미

여유를 가지고
편안히 보세요

추원(秋園)
조우신(趙又新)

수필을 쓰는 사람이 시를 쓴다는 것이 쉽지만은 않은 것 같습니다. 하지만 그리움을 담아내기엔 시가 좋은 그릇임은 분명합니다.

어느 날 시란 손님이 찾아와 친구가 되자고 했을 때 반가웠지만 쉽게 가까이할 수 없을 것 같아 두렵기도 했습니다.

과연 좋은 친구가 될 수 있을까?

삶에 대하여, 자연에 대하여, 그리고 사랑에 대하여 밤을 새워가며 이야기를 나누었습니다. 힘들기도 하고 버겁기도 하였지만 아픔을 이야기할 땐 같이 울었습니다. 시간이 지남에 따라 나를 알아주는 또 한 친구가 생겨서 흐뭇합니다.

늘그막에 가을 정취가 물씬 풍기는 뜨락에 수필 나무 사이로 시 나무 한 그루를 심습니다. 이 나무가 수필과 잘 어우러져 예쁜 그리움의 정원을 꾸며가길 희망해 봅니다.

물도 뿌려 주시고 거름도 주신다면 좋은 나무가 될 수 있을 것입니다.

2020년 여름 나만의 공간에서
추원(秋園) 조우신

일흔 살, 일흔의 낙엽

1부 그리움

일흔 살, 일흔의 낙엽

2부 사색의 뜰

일흔 살, 일흔의 낙엽

3부 이 땅에서

일혼 살, 일혼의 낙엽

4부 나의 모습

커피 · 바닷가 · 오솔길 ·
우산 · 정류장 · 어머니 ·
벤치에 앉아 · 멀어지는
친구 · 기차 · 연어 · 입춘
대길 · 손주 · 막걸리 · 간
이역에서 · 동생 · 토요일
오후 · 나는 어디에서 왔나

1부

그리움

커피

고혹적인 커피향이
긴 드레스를 걸치고
앞에 앉는다
우아하다

그녀를 부여안고
부드럽게 입을 맞춘다
한 모금 또 한 모금
황홀하다

애당초 커피와 어울리지 않는 촌놈인데
어쩌다 깊은 인연 허락했는지
고맙기만 하다

오늘밤
불면에 시달린다 해도
지금 너를
놓아주지 않으리

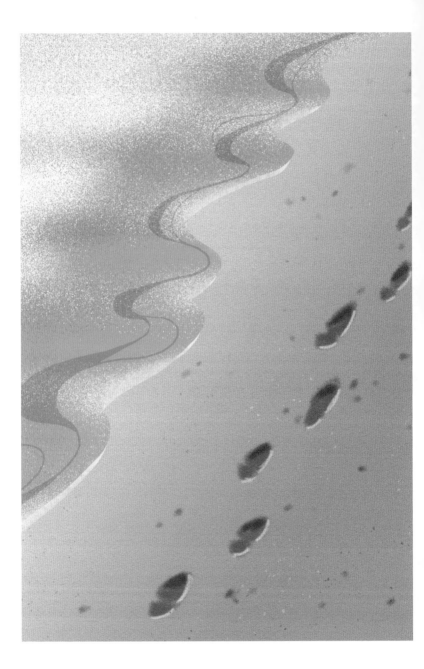

바닷가

파도가 떠난 바닷가를
아무 생각 없이 걸어간다
저 멀리 하늘에선
해가 붉은 노을로
이별의 손을 내민다
길게 늘어진 발자국
철새들이 떼 지어 날아간다

무심코 걷다 보니
지나온 길 아득하다
노을도 발자국도
보이지 않는 지금
밤바람은 쌀쌀하고
옆구리는 허전하다
무릇 바닷가는
둘이 걸어야 하나 보다
돌아오는 길
외롭지 않기 위해서라도

오솔길

언제부터인가
머리속엔 오솔길 하나 있다
젊은 날 즐겨 듣던 노래를 들으면
옛 여인 손을 잡고
코스모스 길
지평선까지 걸어간다

머리는 창밖을 향하지만
눈은 샘이 되어
눈물이 고이고
귀는 소라 껍질 되어
파도 소리만 들린다

차알삭 스르르
차알삭 스르르

우산

우산은 추억이다
버스도 없는 시골길
바람이 조금만 불어도
우산은 뒤집어졌다
몇 번 바로 세우다보면
비에 흠뻑 젖어
쓰나 마나였다
그땐 왜 그리 잘 뒤집어졌는지

우산은 사랑이다
둘이 하나 되어
둘만의 공간이 된다
밖에는 비가 내리고
천장에선 빗소리가 들린다
조금 내리고
입을 맞추어도
아무에게 들키지 않는다

우산은 꽃이다
위에서 내려보면
길거리엔
크고 작은 여러 색 우산이
꽃다발을 만든다
물기를 머금어
더욱 함초롭다

우산은 사랑이다 둘이 하

나 되어 둘만의 공간이 된

다 밖에는 비가 내리고 천

장에선 빗소리가 들린다

정류장

여인이
트렌치코트의 깃을 세우고
버스를 기다린다
떨어지는 낙엽과
좋은 작품을 일구어낸다

갈 곳 없는데도
가까이 머물고 싶어
옆으로 다가간다
내 여자가 아니지만
함께 있으니 뿌듯하다

얼굴을 보고 싶지만
속내를 들킬까봐
꾹 참는다
이윽고 버스가 오고
여인은 떠나갔다
얼굴을 한번 볼 걸
아쉬움이
머릿속을 맴돈다

어머니

소리 내어 부르기보다
마음속으로 더 많이 불러보는
어머니

소리 내어 부르기보다
마음속으로 부르는 것이
더 정겨운
어머니

환하게 맞아주고
걱정을 해주고
야단을 치는 모습에서도
항상 자리하고 있었던 건
사랑이었지요

가신 지
강산이 두어 번 바뀌었는데도
아직도
눈앞에 어른거리는
어머니

벤치에 앉아

건너편 벤치를 바라본다
연인들이
사랑에 흠뻑 젖어있다
이야기를 나누고
긴 입맞춤도 한다
그들의 안중엔 아무도 없다
나는 이렇게 혼자인데……
쓸쓸하다

안쓰러웠는지
낙엽이
머리를 쓰다듬고
어깨를 주무르고
손까지 잡아준다
낙엽 한 잎 주워
입맞춤을 해본다
촉촉함이 없다
더 쓸쓸하다

멀어지는 친구

한때는
모든 것을 주어도 아깝지 않던
친구인데
지금은 추억 속 친구로
돌아갈 수 없음을
서로가 알고 있다
다투지도 않았는데
내가 변했나
네가 변했나

만나면 즐겁긴 해도
예전처럼
정겨운 맛이 없다
세월 때문인가
세상 때문인가
자식 때문인가

아름답던 시절
헤어짐이 못내 아쉬워
가는 길 돌아보며

여운을 곱씹었는데
지금은 악수를 끝으로
뒤도 안 보고 돌아선다
친구는 멀어지고
말동무만 남았다

만나면 즐겁긴 해도 예전

처럼 정겨운 맛이 없다 세

월 때문인가 세상 때문인

가 자 식   때 문 인 가

기차

검은 머리에
꼬리를 길게 늘어뜨린 기차가
하이얀 연기를 뿜으며 하품하고
내가 왔노라 포효하면서
서서히 미끄러져 들어온다
먼 길 오느라 지쳤는지
한참을 쉬고
물 한 모금 마신 후
또다시 발길을 재촉한다
정겹다

웽~ 하는 굉음을 내며
큰 바람을 일으키고
쉼없이
스쳐 지나가는 건
기차가 아니고 괴물이다
무섭다

연어

연어는
부화한 곳으로 돌아와 죽는다
죽을 곳을 찾아 돌아오고
돌아오기 위해 산다
수만리 귀향길
곰에게 채고
상어에 먹히고
어부에 잡히지 않는 한
고난의 여정은 끝나지 않는다

해외에는 연어들이 많다
낯선 땅에 발을 디딘 교포들
갖은 고생 끝에 살만하면
할아버지 할머니가 된다
할머니는 눌러 앉자고 하는데
할아버지는 연어가 된다
재미 교포 1세대들은
태평양에서 고국을 보았다
저 바다를 건너면
꿈에 그리는 고국이 있다

흐르는 강물을 죽을 힘을 다해
거슬러 올라가는 연어는
할아버지 연어인가

낯선 땅에 발을 디딘 교포

들 갖은 고생 끝에 살만하

면 할아버지 할머니가 된다

할머니는 눌러 앉자고 하는

데 할아버지는 연어가 된다

立春大吉

建陽多慶

입춘대길

할아버진
봄이 오기 전
대문짝에 입춘대길立春大吉 글을
붙여 놓으셨다
복이 봄과 함께
환한 웃음 띠고
성큼 집안에 들어오길
바라셨나 보다
그런다고 복이 들어올까

몇 해 전
입춘대길 글을 선물 받았다
명필이라 보관해 두었다가
봄이 되어 현관에 붙였다
바람대로 복이 들어왔다
글을 볼 때마다
마음이 밝아지고
생기가 돌고
봄이 더 싱그러워졌다

입춘대길은 연례행사가 되었다
봄마다 걸어두니
봄마다 행운이 찾아온다

입춘대길 글을 선물 받았다

명필이라 보관해 두었다가

봄이 되어 현관에 붙였다

바람대로 복이 들어왔다

손주

손주 오는 날
마음이 바빠진다
무얼 해줄까

속내 모르는 시계는
더디게 돌아간다
꽃이 진 지 오래인데
자꾸 바깥을 내다본다
마음을 들킨 것 같아
쑥스럽다

한아부지 한머니 한마디에
미움과 시름이 절로 녹는다

전쟁이 시작되었다
손주는
이리 번쩍 저리 번쩍
천하를 호령하고
개선장군이 되어 돌아갔다
전쟁은 끝났다

폐허가 된 전쟁터
아내는
행복한 한숨 지으며
뒷수습한다

속내 모르는 시계는 더디

게 돌아간다 꽃이 진 지 오

래인데 자꾸 바깥을 내다

본다 마음을 들킨 것 같아

쑥   스   럽   다

막걸리

막걸리엔
촌티가 흠뻑 묻어있다
어릴 적
새참 심부름 갈 때
막걸리 주전자는 내 몫
무겁긴 해도
선뜻 따라나선 건
가는 길
홀짝홀짝 맛보는 재미였다

술에 취해 얼굴이 붉어지고
안주까지 곁들인 들판
낙원이 따로 없었다
한잔 마시고
입가에 흘린 술
손등으로 쓱
닦아내던 농부의 모습
다시금 보고 싶다

언제부터인가
막걸리는 도시로 올라오고
논두렁엔 맥주 따는 소리가 울려 퍼진다
도시에선 추억을 마시고
농촌에선 폼을 마신다

맛깔스런 한 사발에
어쩌다 한번 외출하는 트림은
애교로 봐줄만 하다

안주까지 곁들인 들판 낙

원이 따로 없었다 한잔 마

시고 입가에 흘린 술 손등

으로 쓱 닦아내던 농부의

모습 다시금 보고 싶다

간이역에서

친구는
플랫폼조차 갖춰지지 않은
간이역에서 홀연히
떠났습니다

비록 예견된 이별이었지만
무에 그리 급했는지
무에 그리 섭섭했는지
배웅하는 사람 별로 없이
서둘러 떠났습니다

뒤늦게 찾아온
간이역엔
적막이 흐르고
아름답던 추억은
슬픔이 되어
다가옵니다

동생

오래전부터
친하게 지내는
동생이 있다
형님 아우님 하며

얼마 전에 물었다
아우님 이제 몇이지?
환갑하고도 삼 년 지났습니다
뭐야?
나만 고희고
아우님은 아직도 오십 줄로 알았는데
허 허

토요일 오후

안락의자에 앉아
창밖을 본다
아파트 건물 사이로
산이 빼꼼히 얼굴을 내민다
이어폰에 들리는 음악에
눈이 스르르 감긴다
순간순간
잠이 들락날락한다
미장원에 간 아내는
돌아올 때가 멀었다

봄볕이 내리쬐는
토요일 오후
아! 좋다

나는 어디에서 왔나

봄엔
꽃들이 지천에 피고
여름엔
원두막이 멀리서 낮잠을 자고
가을엔
황금물결 넘실거리고
겨울엔
하이얀 눈이 마을을 아늑하게 품어주는
그곳에서 왔지

지금은 많이 변했지만
아직도 옛 모습 그대로일 거라고
그래서 생각나면
언제라도 달려가고픈
하지만 가기가 그리 쉽지 만은 않은
그곳에서 왔지

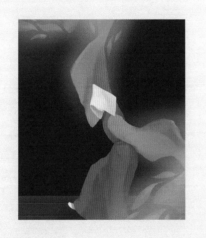

2부

사색의 뜰

행복이란

지금 행복하세요
글쎄요
예전엔 행복하셨어요
아마도요

먹고 살고
자식 키우며 살고
일하며 사는 것이
예나 지금
크게 다를 바 없는데
예전엔 행복했는데
지금은 행복한지를 모른다

지금 불행하지 않다면
먼 훗날
그때는 행복했었다고
말할 것이다

행복은
현재형이 아니라
과거형이다
스쳐 지나가고 나서야
깨닫게 된다

먹고 살고 자식 키우며 살

고 일하며 사는 것이 예나

지금 크게 다를 바 없는데

예전엔 행복했는데 지금은

행 복 한 지 를   모 른 다

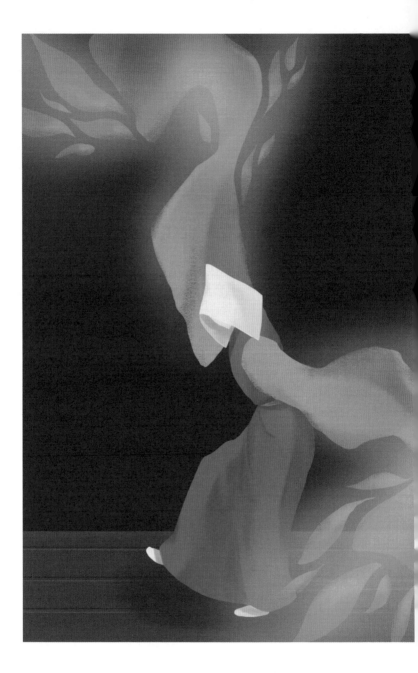

불꽃

타오르는 불꽃에
얼굴은 달아오르고
가슴은 뛴다
밤하늘에 화려한 비상을 한다

불꽃이 춤을 춘다
아무렇게 추는 것 같지만
절제가 숨어있다
쭉 뻗어 몸에 닿을 것 같다가도
수줍은 듯 움추러드는 춤사위는
어느 춤꾼도 흉내 내지 못한다

불꽃에는 꿈이 서려있다
온몸을 던져
꿈을 키워가지만
바람에 자꾸 흔들린다
뛰쳐나오고 싶지만
꿈을 버릴 수도 없다

불꽃은 삶이다
영원히 타오를 것 같지만
언젠가는 시들해지고
이내 재만 남기고 소멸된다
영혼의 표상은
바람에 날려
흔적 없이 흩어진다

쭉 뻗어 몸에 닿을 것 같다

가도 수줍은 듯 움추러드

는 춤사위는 어느 춤꾼도

흉내 내지 못한다

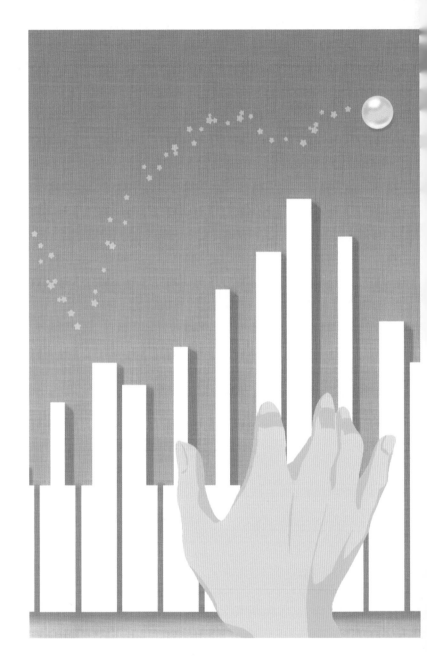

피아노 소나타

구슬이 떼굴떼굴 굴러가더니
막바지에 이르러
귀를 강렬하게 두드린다
딱딱 따다닥 딱딱딱
정신을 가다듬고
사색의 등성이로 올라간다

조심조심 내려오다
발을 헛디뎌
골짜기로 떨어진다
가슴이 철렁하다
뎅뎅 뎅데뎅뎅 뎅데뎅
가슴을 파고드는 징소리인가
대지의 울부짖는 신음인가

산등성과 골짜기를
오르락 내리락한다
때론 같은 길을 가기도 하고
가끔 낯선 길이
나타나기도 한다

피아니스트는
재주가 좋다
손으로 소리를 들을 수 있으니까
그렇지 않음 손놀림이
그렇게 감미로울 수 없다

화려하진 않지만
소박한 삶이 함축되어 있는
피아노 소나타가 좋다
그리고
그 삶을 조용히 음미할 수 있어
더욱 좋다

산등성과 골짜기를 오르락

내리락한다 때론 같은 길

을 가기도 하고 가끔 낯선

길이 나타나기도 한다

봄

날이 따뜻해졌다고
다 봄인가
마음이 따뜻해져야
봄이지

꽃이 피었다고
다 봄인가
마음에 꽃 피어야
봄이지

두꺼운 옷 벗었다고
다 봄인가
마음의 짐 벗어야
봄이지

나도 모르게

내가 가장 두려운 것은
나도 모르게
엉뚱한 행동을 하는 것이다
사람들은 그걸 치매라고 한다
주위 사람들은 힘들지만
나는 아무렇지 않을 수 있다
내가 모르기 때문에

내가 가장 두려운 것은
나도 모르게
병상에 누워있는 것이다
사람들은 그걸 혼수상태라고 한다
주위 사람들은 힘들지만
나는 편안할 수 있다
내가 모르기 때문에

내가 가장 두려운 것은
나도 모르게
이 세상을 떠나는 것이다
사람들은 그걸 돌연사라고 한다

주위 사람들은 편안할지 몰라도
나는 황당하다
내가 모르기 때문에

나도 모르게 병상에 누워

있는 것이다 사람들은 그

걸 혼수상태라고 한다 주

위 사람들은 힘들지만 나

는 편안할 수 있다

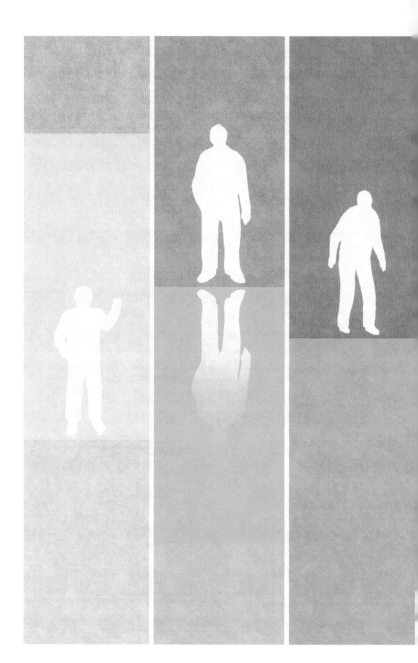

청년, 중년 그리고 노년

청년 땐
젊음과 시간이 있었지만
돈이 없어
마음껏 즐기지 못했다
중년 땐
돈과 젊음은 있었는데
시간이 없어
마음껏 즐기지 못했다
노년이 되니
돈과 시간은 있는데
젊음이 없어
마음껏 즐기지 못한다

그러고 보면
어느 한때도
마음껏 즐길 수 없었다
그때그때
모든 걸 가지면
즐거울진 몰라도
사는 맛 없을 것이다

동상이몽

사장님은 좋겠어요
흔들의자에 편히 앉아
궂은일 하지 않고
시키기만 하면 되잖아요
늦어도 뭐라 하는 사람 없고
자리를 비우면 좋아하잖아요

저는요
쥐꼬리만한 월급 받으려
힘들게 일해요
늦지 않으려 서둘러야 하고
아이가 아파도 쉴 수 없어요
잠깐만 자리를 비워도
얼마나 조마조마한지 몰라요

자네는 좋겠네
쉬엄쉬엄 적당히 일을 해도
월급이 꼬박꼬박 나오잖아
싫으면 미련 없이
떠날 수 있잖아

흔들의자는 편한 자리가 아냐
회사가 흔들리면
의자만큼 나도 흔들려
내가 늦는 것은
이런저런 생각에
밤잠을 설쳐서 그런 거야
자네가 그만두면 어쩌나
월급을 제때 못주면 어쩌나

자네는 좋겠네 쉬엄쉬엄

적당히 일을 해도 월급이

꼬박꼬박 나오잖아 싫으면

미련 없이 떠날 수 있잖아

목소리를 낮춰요

동방예의지국이란 말이
사라진 지 오래다
허탈한 웃음만 나온다
그런 때가 있긴 있었는가

언제부터인가
목소리가 큰 사람이
이기는 세상이 되었다
누구의 앞에서든
어디에서든
옳던 그르던
남의 말 막으며
목소리를 높힌다

자기의 주장 때문에
자기의 욕심을 채우기 위해
자기의 화를 풀기 위해
심지어는 습관적으로

소리가 크면 클수록
질서가 무너지고
주위를 짜증나게 하고
당신은 소리만 요란한
빈 깡통이 되지요
당신 앞에
하고 싶은 말 있어도
참고 있는 사람 있어요
제발 목소리를 낮춰 주세요

목소리가 큰 사람이 이기

는 세상이 되었다 누구의

앞에서든 어디에서든 옳던

그르던 남의 말 막으며 목

소 리 를   높 힌 다

과유불급

사랑
세상을 살맛나게 한다
부모와 자식 사이
부부 사이
연인 사이
친구 사이
대상이 누구든 좋다

요즘은
서너 번만 만나도
사랑한다고 하고
가슴에 저미기도 전에
또 다른 사랑을 찾아
두리번거린다
입에서만 벙긋하는
아무 의미 없는
사랑한다는 말
과유불급過猶不及이다

나는 왜
그 좋은 사랑한다는 말
하기 힘들까
남사스럽기도 하지만 순진해서다
지키지 못하고
말만 앞세우며
실천을 못하는 사람이 될까
두려워서다

사랑이 그리 쉬운가

요즘은 서너 번만 만나도

사랑한다고 하고 가슴에

저미기도 전에 또 다른 사

랑을 찾아 두리번거린다

바람

가슴을 뭉클하게 하는 바람은
어디에서 불어오는가
품어도 안기지 않는 것이
부드러운 미소로
사랑을 일으키고
한숨 소리에
사색의 늪으로 빠지게 한다
님을 향한 그리움에서 오나
나 혼자일 수밖에 없는
외로움에서 오나

산하를 주무르는 바람은
어디에서 불어오는가
쥐어도 잡히지 않는 것이
가벼운 손놀림으로
산과 들을 물들이고
거친 숨을 몰아쉬며
대지를 뒤흔든다
꽃들의 속삭임에서 오나
산과 강의 뒤틀림에서 오나

세상을 뒤흔드는 바람은
어디에서 불어오는가
스쳐도 보이지 않는 것이
민심을 앞세워
역사를 만들고
군중을 부추기며
혼돈에 빠뜨린다
정의의 횃불에서 오나
탐욕의 휘파람에서 오나

어디에서 불어오는가 쥐어

도 잡히지 않는 것이 가벼

운 손놀림으로 산과 들을

물들이고 거친 숨을 몰아

쉬며 대지를 뒤흔든다

삶

지나간 삶은
힘들었던 순간도
세월이 흐르면
씁쓸한 기억을 되새기며
덤덤하게
뒤돌아볼 수 있지

지금의 삶이 아무리 힘들어도
시간이 지나면
이 또한
별거 아니었다는 듯
과거가 되겠지

과거와 현재의 삶이
아무리 힘들어도
땅에 묻히면
무덤도 없이 사라지겠지

애인

잠에 취해 있는데
일어나라 속삭인다
자주 보는 얼굴인데도 새롭다
서둘러 옆에 태우고 출근을 한다
늦을세라 길 안내도 해준다

심심하면 같이 놀아주고
무료해 하면 노래도 불러준다
모르면 가르쳐주고
약속 잊지 말라 귀띔도 해준다
퇴근길 술 한잔 걸치면
술값도 서슴없이 내준다
이렇게 고마울 수가

멋진 녀석
이쁜 짓거리 골라 하니
사랑하지 않을 수 없다
네가 내 앞에서 사라지면
정신이 혼미하고
한시라도 내 곁을 떠나면

견딜 수가 없다
너 스마트폰
나의 애인이며
나의 분신이다

모르면 가르쳐주고 약속

잊지 말라 귀띔도 해준다

퇴근길 술 한잔 걸치면 술

값도 서슴없이 내준다 이

렇게 고 마 울 수 가

속고 속이는 세상

조선의 임금이 남산에 올라
산 아래 빼곡히 들어선 민가를 보고
걱정되어 물었다
"저 많은 백성이 어떻게 먹고 사노"
"심려 마십시오 마마, 저들은 저들끼리 속고 속이며
잘 살아가고 있습니다"

신하는 철밥통을 지키려
잘 살게 해 준다며
백성을 끌고 간다
백성은 끌리는 척하며
자기 할 일 알아서 한다
임금은 누리기 위해 듣기 좋은 말 하는
신하 옆에 끼고
태평성대라며 백성을 달랜다

역사는
서로가 서로를 속이며
다람쥐 쳇바퀴 돌듯
쉼 없이 돌아간다

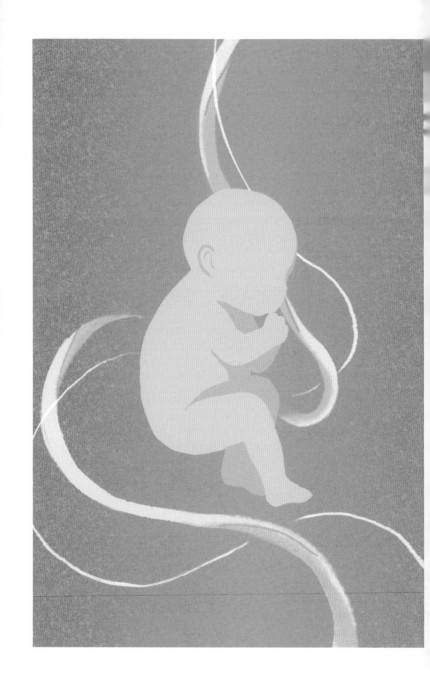

생명

생명처럼
경외함이 있을까
태어나는 순간부터
생을 마칠 때까지
소홀한 생명없다

시작과 마침 사이
생명은 시계추처럼
오락가락하기도 한다
얼마 안 가 멈출 것 같은
축 늘어진 추가
생각지도 못했던 행운이 밀고
뜻밖의 사람이 당겨
다시 살아난다

그러다 어느 순간
기와 운이 떨어지면
추는 멈추고
시간이 멈추고
생명도 멈춘다

자연인

자연에 기대어
자연의 숨소리를 들으며
자연을 벗 삼아 살아간다
건강을 찾기 위해
세상 살기 힘들어서
사람들 보기 싫어서……
사연도 많다
필부들에겐
낙오자로 보일지 몰라도
스스로는 삶을 찾은 사람들이다

내가 살고 있는 세상은
수렁이다
자연은 팔 벌리며
오라 하는데
수렁에서 허우적거리며
헤어나지 못하고 있다

탈놀이

탈은
항상 탈이다

탈을 쓰면
모습이 감춰질 줄 알고
책임감 없이
부끄럼 없이
제멋대로 나댄다
하지만
탈 속의 얼굴은
말투로 짐작되고
행동으로 알아차리고
뒤에서도 보인다

오래 쓰다 보면
탈을 쓴 지도 모르다가
문득 깨닫고 벗어보니
자기 모습이 재미없다
내 맘대로 놀던 때 그리워
다시 탈을 만지작거린다

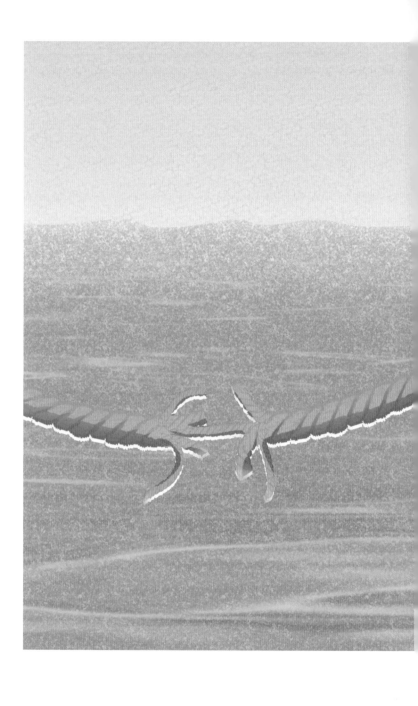

인연

곧 돌아오겠다며 떠난 친구
반세기 지나도록
돌아오지 않는다
이렇게 오랜 이별이 될 줄
꿈에도 몰랐다
아무 준비 없이 보낸 친구
언제 다시 볼 수 있을는지 막막하다

인연은 만남에서 시작되고
삶의 한 울에서 어울리다
누군가 사라지면
인연도 사라진다
한해 한해
인연 끊어지는 소식에 심란하다
지금 만나는 사람도
또다시 만날 거라며
무심코 헤어지지만
다음에 만난다는 기약이 없다
만남과 헤어짐이
예사롭지 않다

3부

이 땅에서

4월엔

들판에 널려있는 꽃망울은
남의 자식 태어나듯
어미 품에서
잘도 터져 나온다

베란다 화분에선
아직 아무런 소식 없다
망울이 맺기는 할는지
제대로 된 망울이 나올는지
애가 탄다

기나긴 진통 끝에
뽀오얀 모습을 드러내니
누가 뭐래도
내 새끼라
더 이쁘다

노을

노을은
짧은 순간이지만
하루의 역사를
고스란히 담아내고 있다
붉게 타오르는 하늘에
내 가슴도 덩달아 타오른다

해가 기울면
으레 노을이 지고
모든 노을이 다 같을 거라 생각했는데
하늘이 어떤 옷을 입고
보는 사람에 따라 다른가 보다

오늘 노을은 유별나다
마음이 노을 져야
노을이 더 예쁘다는 것을
오늘 알았다

순천만의 추억

갈대의 물결이 보고 싶었다
좋아하는 것도 닮는지
어머님은 갈대를 무척 좋아하셨다
방에는 항상 갈대가 꽂혀있어
갈대를 보며 자랐다

갈대숲은 순천만順天灣이라던가
차창에 기대어
창밖을 본다
자유로우니 평화롭다

순천만은 자연이 숨을 쉬고 있다
끝 간 데가 보이지 않는 늪
늪의 역사를
고스란히 간직하고 있다
광활한 대자연 앞에
점점 작아진다

곳곳에 놓인 나무다리 건너
무심코 걸어가니
순천만의 고동鼓動을 느낀다
굽이굽이 바닷길
실타래처럼 엉켜있고
사공 없는 고깃배
매듭을 풀고 있다
늪을 빠져나오지 못한 갈대
바람에 허우적댄다
희끗희끗한 늪의 머리카락에서
어머니의 갈대를 보았다

저녁으로 시킨 짱뚱어탕에서
갈대숲이 아른거린다

순천만은 자연이 숨을 쉬고

있다 끝 간 데가 보이지 않

는 늪 늪의 역사를 고스란

히 간직하고 있다 광활한

대자연 앞에 점점 작아진다

모나리자

긴 줄 끝에 만난
루브르 박물관
모나리자

명화라기에
짐짓 감탄하였지만
먼 길 찾아올 만큼
감동적이지 못했다
명화를 알아보지 못하는
내 자신에 실망이다
절세미인도 아니고
눈썹마저 없으니
차가운 여운만 남긴다

절에 가면
나를 한없이 작게 만드는
모나리자가 앉아있다
따스한 여운이 남는다

가을, 낙엽에 지다

푸르고 푸르던 나뭇잎이
울긋불긋
한껏 멋을 내더니
잠깐 자기도취에 빠진 사이
가을바람의 부드러운 입맞춤에
온몸에 맥이 풀려
길거리에 떨어진다

행여 속살 보일까봐
차곡차곡 쌓여간다
가로수길
예쁜 이불을 덮고 있다
너무 고와
차마 이불을 걷어차고 걸을 수 없다
발길은
낙엽에 묻히고
가을은
낙엽에 진다

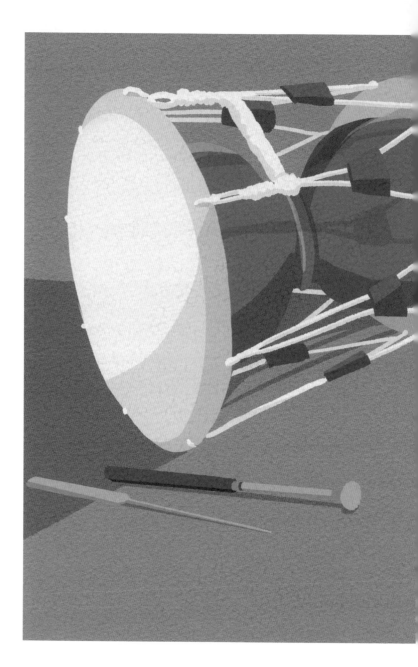

신토불이

철없을 적엔
서양의 것이 그저 좋았다
어느 것 하나
신기하고 신비롭지 않은 것 없었다
관현악의 웅장함에 마음이 뚫렸고
바이올린 선율에 매료되었다
감각적 팝송의 리듬
뜻도 모르며 흥얼거렸다

사물놀이는 그냥 흥겨운 놀이
가야금 소리에 하품이 나고
창소리 나오면 라디오를 껐다
트로트는 듣는 것 만으로도 부끄러워
부르는 사람을 이해할 수 없었다

중년을 넘어 노년이 되어가는 사이
이 땅이 나의 감성을 품어주었다
사물놀이의 장구 소리
어깨가 절로 들먹인다
가야금 소리는

잔잔한 가슴에 파문을 일으키고
칼칼한 창소리
'얼씨구' 추임새가 튀어나온다

트로트는 감칠맛이 있다
가사 한 구절 한 구절
내 이야기를 하는 것 같아
가슴이 내려앉는다
가금씩 꺾어지는 구성진 가락에
내 마음도 꺾어진다

보고 느끼는 것도 신토불이
아니 감토불이感土不二다

어느 것 하나 신기하고 신

비롭지 않은 것 없었다 관

현악의 웅장함에 마음이

뚫렸고 바이올린 선율에

매   료   되   었   다

잃어버린 하늘을 찾아서

지금 보고 있는 하늘은
내가 알고 있는 하늘이 아니다
지금 보고 있는 하늘은
내가 어릴 적 보았던 하늘이 아니다

하늘은
철새들 수가 놓아진
쪽빛 치마를 두르고 있었다
지금은 아무 무늬도 없는
우중충한 작업복을 걸치고 있다

잃어버린 하늘을 찾아
길을 떠난다
되도록 멀리
될 수 있으면 높이
조금씩 조금씩
옛 모습 나타나지만
흉내만 낼 뿐
그 옛날 하늘이 아니다
어림없다

뚝방길

잠실운동장에서
서울의 남쪽 끝 이십여 리를
뚝방길이 느릿느릿 달려간다
도심 속 오솔길이다
집과 가까이 있어
오가는 동안
계절의 유혹이 옷고름 풀어헤치면
나도 모르게
먼 길 돌아 이 길로 들어선다

길은 철마다 옷을 갈아입어
계절이 바뀌는 걸 알려준다
봄이 되면 개나리가 노란 옷 입고
연도에서 손을 흔들며 반긴다
여름엔 녹음이 무성하여
천장 없는 터널을 만들어
시원하다
가을이면 낙엽이 길가에 뒹굴고
바퀴에 깔리는 촉감이 푹신하다
겨울엔 흰 눈을

가장 오래 간직하고 있다
사람의 손을 타지 않으니
서둘러 털고 일어서기 싫은가 보다

봄 여름 가을 겨울
어느 한 계절 싫어할 수 없다

안개

간밤에
안개가
온 세상을 점령해 버렸다
잠에서 깨어나니
멀리 볼 수도
멀리 갈 수도 없게
연금되었다

도망치려니
어디가 어딘지 몰라 갑갑하다
자포자기하고 순응하니 편안하지만
둥지에 갇혀
아무것도 할 수 없다

구원군의 불빛이 가까워진다
머지않아 점령군은 퇴각할 것 같다

해방이다

처마에 걸린 돛단배

가을 하늘 아래 산다는 건
축복이다
멀고 먼 하늘을
가까이 볼 수 있으니까
바람은 하늘을
한껏 푸르르게 한다

맑은 하늘에
흘러가는 한 점 구름
돛단배 되어
처마에 걸려있다
시선의 끝은
지평선인지 수평선인지
알 수가 없다

강릉에 살어리랏다

강릉 사람들
당신들은
얼마나 좋은 데서
살고 있는지 모르지
오래 살다 보면
잊기도 할거야

울적할 때
언제라도 달려가면
확 트인 바다를
볼 수 있잖아
바다가 가까워
금방이라도
백사장을 걸을 수 있잖아
물은 얼마나 맑고
모래는 얼마나 고와
밟으면 푹신함이
저절로 느껴지잖아

동해 바다에서 뜨는 해가
진짜 일출이래요
얼매나 멋있어요
동해물과 백두산이
저절로 나올 거래요
다른 일출은 가짜래요

저녁나절
회 한 접시 떠놓고
소주잔 기울이며
바다를 바라보는 것
그것이 행복이래요

언제라도 달려가면 확 트

인 바다를 볼 수 있잖아 바

다가 가까워 금방이라도

백사장을 걸을 수 있잖아

강물은 흐르고

한번 스쳐 가면
다시는 되돌아올 수 없는
운명인데
그걸 모르는지
강물은 덧없는 흐름을 시작한다

강촌에 이르러
이 동네 할아버지들의 넋두리와
저 마을 아낙네들의 한숨 소리에
삶의 무게를 느끼며
강물은 묵묵히 흘러간다

강가에선
물이 좋아 찾아온 친구들에게
놀이터가 되어주고
젊은 연인들에게
사랑의 멍석 깔아주고
들뜬 낚시꾼에게
틈틈이 자선을 베풀면서
강물은 넉넉하게 흘러간다

유람선에서
강바람과 술 한잔을 걸치니
온 세상이 아름답다
흥겨운 노랫가락에
몸이 절로 들썩이고
이 마음 눈치채고
강물은 넘실넘실 흘러간다

비릿한 내음에
콧등이 시큼해지며
바다의 저승사자
옷소매를 끌어당긴다
긴 여정 보고 들었던
사람과 자연의 속삭임
추억으로 묻어둔 채
쓸쓸하게 흐름을 멈춘다

젊은 연인들에게 사랑의

■■■■■■■■

멍석 깔아주고 들뜬 낚시

■■■■■■■■

꾼에게 틈틈이 자선을 베

■■■■■■■■

풀면서 강물은 넉넉하게

■■■■■■■■

홀   러   간   다

비

두둑 두둑 두두둑
아마존 원주민의 북소리를 내며
비는
먹구름 거느리고
서서히 다가온다
빗물로 몸을 식히고
빗소리로 마음을 식힌다

조금 전까지
너는
하늘에서 떵떵거리고 있었는데
지금은 땅에 떨어져
어디로 흘러갈지 모르는
처량한 신세가 되었구나

지하철 풍경

앞을 바라본다
스마트폰을 부여잡고 손가락이 바쁘다
옆 사람도 그 옆 사람도
온통 스마트폰에 홀려있다
서있는 젊은이 머리 위엔
스마트폰에 밀린 손잡이
하릴없이 흔들거린다
너는 젊어서 좋겠다
이 몸은 손잡이를 잡아도 출렁이는데

뭐가 그리 궁금할꼬
속이 상한다
늙으면 궁금한 것도 없나보다
어중띠기 늙은이는
행여 내려야 할 역 지나칠까봐
스마트폰 만지작거릴 여유 없다
서는 역마다 눈으로 확인하고
몇 정거장 남았나 궁금하여
손가락으로 꼽기 바쁘다

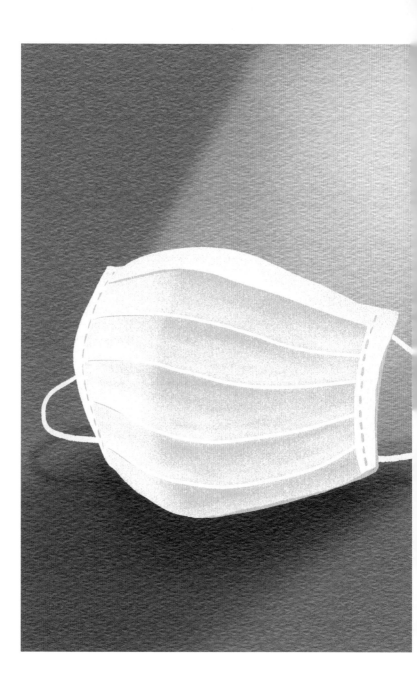

코로나 블루

오래전
차 이름으로 기억되던
코로나
지금은
귀가 따갑도록 들린다

고희되도록 살았으니
더 이상 미련 있을까마는
노인에게 인정을
베풀지 않는다 하니
야속한 생각이 든다

병들어 죽기 전
답답해서
우울증에
무기력으로
쓰러질 것 같다

봄이 와도 두근거리지 않고
봄이 와도 설레지 않고
봄이 와도 바람이 불지 않는다
꽃들은 알까
이 봄엔
사람들이 왜 이리
쌀쌀 맞게 구는지

갑자기 터져 나온 재채기
주위가 놀랄까봐
솥뚜껑이 자라로 보인다

고희되도록 살았으니 더 이

상 미련 있을까마는 노인에

게 인정을 베풀지 않는다

하니 야속한 생각이 든다

풍경

딸랑 딸랑 딸랑
풍경風磬에서
바람을 본다

딸랑 딸랑 딸랑
풍경에서
고요를 본다

딸랑 딸랑 딸랑
풍경에서
부처를 본다

눈

눈은 허허롭다

내려올 때
이리저리 흩날려도
허허하며 바람에 맡긴다

빗자루에 쓸려
천덕꾸러기 되어도
허허하며 원망하지 않는다

이리저리 짓밟혀
아플지라도
허허하며 참는다

녹아내릴 때
아쉬움 뒤로한 채
허허하며 사라진다

햇살

따스한 햇살이
땅 위에 사뿐히 내려앉는다
뜰에는 아지랑이 피어오르고
시선은 초점을 잃는다

따스한 햇살이
텅 빈 여인의 가슴을
파고드니
사랑이 피어난다

따스한 햇살에
겨우내 움츠렸던 몸이
기지개를 켜고
커피 한 잔을 부른다

아지랑이와
사랑과
커피 한 잔
아무도 부럽지 않다

4부

나의 모습

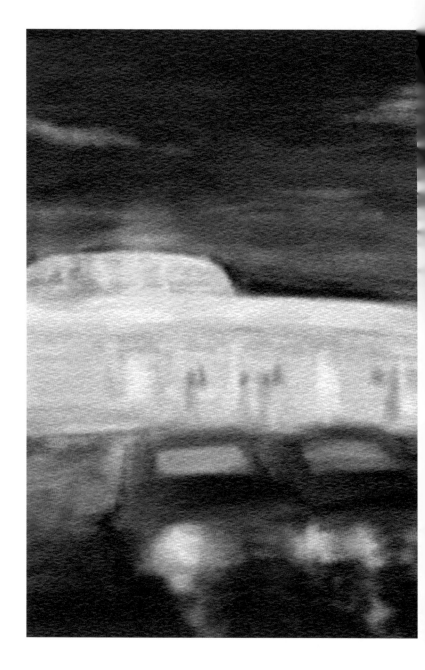

미치광이

갑자기 동해 바다가
보고 싶다
아무 생각 없이 그냥
차에 몸을 싣는다
마음은 벌써
바닷가를 걷는다

어둠 속에 스치는 불빛
가는 길 재촉한다
휴게소의 밤공기
싸~ 하다
한 잔의 커피로
몸을 녹이니
정신이 번쩍 든다
출근 시간이 가까워진다
마음으로
바다를 보고 돌아온다

그림

하얀 도화지에
그림을 그린다
구상을 하고 스케치를 한 다음
빈 공간을 메워간다
원근법을 쓰고 여백의 미도 살려
갖은 재주부리지만
아쉬움이 꼬리를 물고 있다

고칠 수도
지울 수도
새로 그릴 수도 없는
칠십 년 동안 그려온
내 인생의 그림
이젠 공간이 얼마 남지 않았다

멀리서 보면
그런대로
봐줄만 하다

귀거래사

똑똑똑
누구세요
아!
오래전
여기에 계셨던 분이군요
웬일이세요
그저 지나가는 길에
들렀습니다

염치가 없군요
여기는
당신이라는 사람
발붙일 곳 못 됩니다
지난 삶 다 버리고
지금의 옷
벗어던지고 오면 몰라도

망부석

산 위에 올라
시내를 내려본다
아파트가 닥지닥지 붙어있다
사랑과 미움
즐거움과 슬픔이
섞여있지만
사연을 알 수 없으니
한갓 성냥갑으로 보인다

머리에선
지나온 날을 본다
어려웠던 시절
힘들었던 날들도 있었지만
즐겁고 보람도 있었다
자랑스럽기도 하지만
부끄러움이 오래 머물러 있다

돌아갈 수도
돌아오지도 않는
과거를 바라보며

석양이 가자고 할 때까지
꿈쩍도 안 하고
묵묵히 서 있는다

어려웠던 시절 힘들었던

날들도 있었지만 즐겁고

보람도 있었다 자랑스럽기

도 하지만 부끄러움이 오

래 머물러 있 다

서울이라는 곳에서

청운의 꿈보다
좋은 곳에서 배우고 싶어
배움보다
촌놈티 벗어던지고
멋지게 살고 싶어
고향을 버린 지 반세기가 넘었다

눈뜨고 코 베인다기에 두렵고
마음 의지할 곳 없어 외롭고
환락이 정신을 빼앗는 곳에서
용케 버텨왔다

마음을 달래기 위해
고향을 찾지만
반기는 이 없으니
고향이라 할 수 없다
허탈한 심신을 끌고 올라오니
피로가 눈꺼풀을 누른다
차라리 내려가지 말 걸

지금은
서울도 고향도
고향 같지만
고향이 아니다

어쩌란 말이냐

눈뜨고 코 베인다기에 두렵

고 마음 의지할 곳 없어 외

롭고 환락이 정신을 빼앗는

곳에서 용케 버텨왔다

나는 누구인가

'너 자신을 알라'
스스로를 알고
겸손해지라는 뜻으로 알았는데

나는 누구인가
의사, 교수, 남편, 아버지⋯⋯
그건 단지 껍데기
넉넉하고 후덕하게 생긴 모습
화장발일 수 있다

껍데기 속에 감춰진
화장발에 가려진
나의 진짜 모습은 어떨까
항상 부족함을 느끼는 욕심쟁이
나만을 아는 이기주의자
남에게 잘 보이려 하는 위선자
아님 세상 물정 모르는 철부지일까

내가 나를 모르니
뜻을 따르기 쉽지 않다

색소폰

그녀를 사귄 지
사 년이 되어간다
처음에는 까탈을 부려
가까이 하기 힘들었다
어르고 달래며 참고 기다리니
이젠 제법 친해졌다
시간이 나면
하루에 서너 시간
연애를 한다
그녀를 부드럽게 감싸고
입을 맞추면
사랑의 소리로 화답한다
언제 들어도 좋다

그녀는
노후 대책이자
평생을 같이할 애인이다

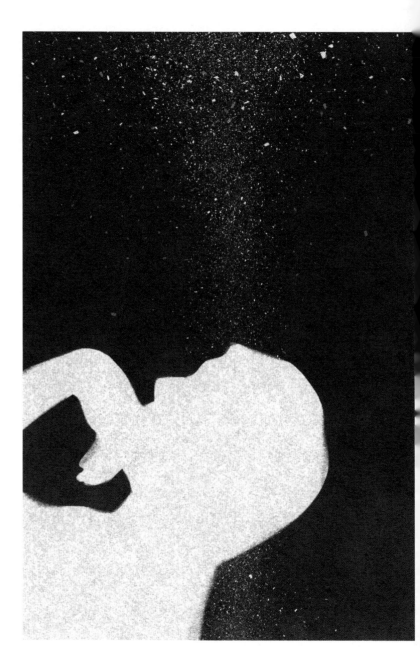

밤의 한가운데

밤 한 시
세상은 까맣고
머리속은 하얗다

마음은 잠을 향해 달려가지만
생각은 세속의 우물에 빠진다
온누리 근심 끌어안고
요술램프 만지작거리며
내 세상 꾸려가지만
우수의 어두운 그림자
떨쳐내지 못한다

로댕은
생각하는 사람을 왜
엉거주춤 앉아있는 모습으로
그렸을까

네 시가 베개맡에
살며시 다가와
눈꺼풀을 지그시 누른다

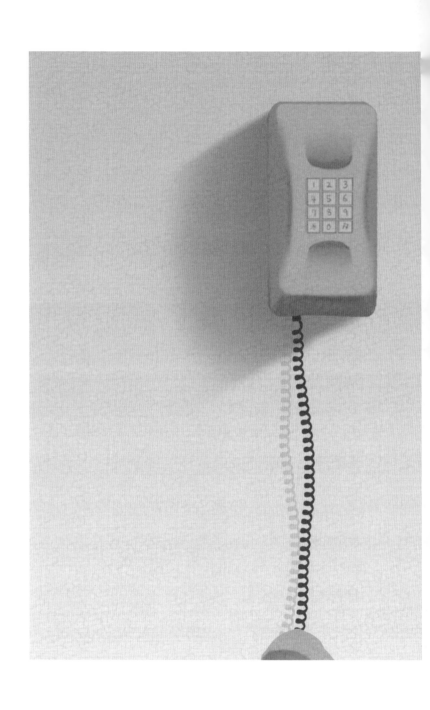

전화

의자에 앉아
내가 모르는
나를 알지 못하는 사람에게
전화를 걸고 싶다

겉으로 보이는 내가 아닌
속마음 털어놓고 싶다
화나면 분풀이도 하고
꾹꾹 눌러왔던
악마의 심성 털어놓고
욕망을 좇아
끝없이 떨어지는 원초적 본능
하소연하고 싶다

이런저런 체면에
용기도 없지만
전화 한 통 받아줄 상대 없는
내가 한심하다

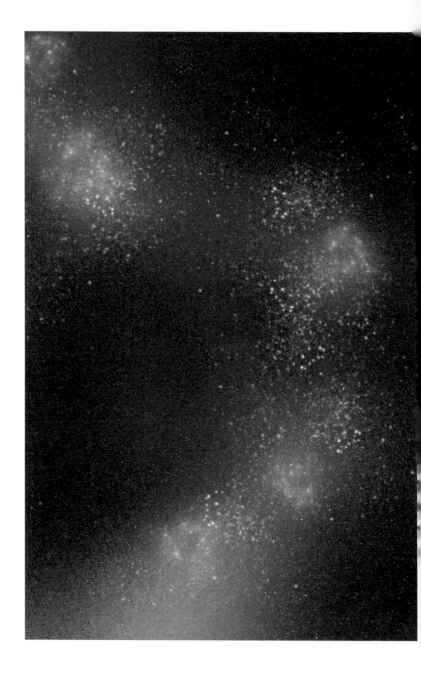

바보로 살아가기

해가 머리 위를 지나
서쪽으로 지는 걸
두 눈으로 보았는데
갈릴레오는
해는 움직이지 않고
지구가 움직인단다
내가 서있는 대지는
꿈쩍도 않고
어지럽지도
쓰러지지도 않는데
그래도 돈단다

보는 것
느끼는 것
믿는 것조차
진실이 아닐진데
갈릴레오가 못 될 바에
똑똑한 체
잘난 체 할 필요 없다

밤하늘
태어나기 전부터
보냈을지 모르는 저 빛을
지금의 별이라 믿으며
코페르니쿠스는
오늘도
바보처럼 감상에
흠뻑 젖어있다

보는 것 느끼는 것 믿는 것

조차 진실이 아닐진데 갈릴

레오가 못 될 바에 똑똑한

체 잘난 체 할 필요 없다

술

술이란 녀석은
나를 쥐락펴락한다
그래서 가끔 너를 찾는다

한잔 술에
마음이 도도해지면
살며시 글동무
소매를 끌어당겨
한마당 글판을 벌인다

깨고 나면
간밤의 부끄러움에
얼굴은 취한 때보다
더 붉어진다

술이 깨지 말든지
글이 취해 있든지

용서

과거로부터
오래 떨어진 지금
모든 걸 던져버리고
용서할게

마음에도 없는 말로 속이고
네 욕심만 채우며
못살게 굴었던 너
절대 용서 않겠다며
주먹을 불끈 쥐었는데

과거와 오래 떨어진 지금
과거로 돌아가긴
세월이 너무 흘렀다
너와 멀리 떨어진 나
만나고 싶어도 만날 수 없다
대가를 치르게 하고 싶지만
방법이 없다
그러니 차라리 용서할게
그래야 내가 편하니까

자화상

얼굴을 물끄러미 들여다본다
잘 생기지 않았어도
밉상은 아니다
허기야 못난 곳도 자주 보면
익숙해지겠지
미운 정 고은 정
알알이 박혀있다

뒷모습은 어떨까
펑퍼짐하고 볼품이 없다
나란 말인가
실망이 앞선다

눈에 익은 앞모습만
내가 아니라
생소하고 못생긴 뒷모습도
내가 아니겠는가
평생을 같이 했으니
달래고 다독이며
데리고 살아야지

여유

시간이 많아졌는데도
아무 생각 없이
먼 산 바라보며
커피 한 잔 마시는
여유를 가지기 쉽지 않다

성격 때문인가
뭐라도 해야
직성이 풀리는
할 일 없으면
걱정이라도 해야 하는
고약한 성격에
여유를 갖지 못한다

버릇 때문인가
걸어온 길 돌아보면
참 바쁘게 살아왔다
가만히 있을 때도
괜히 마음이 바쁘다
내일을 위해

쉬는 것도 충전인데
아무 일도 안 하면
호사스러운 생각에
여유를 즐기지 못한다

성격 때문인가 뭐라도 해

야 직성이 풀리는 할 일 없

으면 걱정이라도 해야 하

는 고약한 성격에 여유를

갖 지   못 한 다

잠 못 이루는 밤

잠자리에 누워
이리 뒤척 저리 뒤척
잠이 오지 않는다

소파에 누워 티브이를 켠다
여기저기 방황하다
지루하고 피곤하여
다시 잠자리로 돌아온다
이불을 걷어차고
베개를 못 살게 굴지만
잠은 이런 나를 비웃기만 한다

술이 취하면 잠이 올까
안주 없는 강술을 마셔본다
여느 때는 술만 먹으면 좋았는데
괜스레 얼굴만 달아오르고
정신은 말똥말똥하다

캄캄하던 세상이
희미하게 모습을 드러낸다

날개

날개가 있음 좋겠다
높이 날기보다는
멀리 날고 싶다
높이 올라 떨어지면
제자리에 오지만
멀리서 떨어지면
사라질 뿐이다

아무 생각 없이
아무 저항 없이
아무 미련 없이
힘이 있을 때까지 날고 싶다
어디쯤에서 날개가 부러진다 해도
단 하루만이라도
날개가 있음 좋겠다

청개구리

젊음을 이기지 못해
술 한 잔에
몸을 흔들어댔던 나이트클럽
까맣게 잊고 지냈는데
가지 말라 하니
한번쯤
가보고 싶다

제주의 봄은
유채꽃이련가
신혼여행 때
세상이 노오랗게 물들었던
아름다운 추억만 남아있는데
오지 말라니
가보고 싶다

주말에는
잠자리에 누워
이리 뒹굴 저리 뒹굴
편히 쉬는 게

최고의 행복이라 여겼는데
나가지 말라니
나가고 싶다

제주의 봄은 유채꽃이런가

신혼여행 때 세상이 노오

랗게 물들었던 아름다운

추억만 남아있는데 오지

말라니 가보고 싶다

한 여인

한 여인이 있다
앞날을 함께 펼쳐나갈 희망이 보여
사랑을 알기 전에
손가락에 반지를 끼워주며
여인을
아내로 맞았다

사랑을 배워가며
하나일 수 없는 둘이기에
다투기도 하였다
사랑과 미움이 널을 뛰었지만
배에 물이 차면
서로 도와 물을 퍼내어
가라앉지 않았다
여인은
미워도 같이 가야 할
운명이었다

아이가 태어나자
나의 존재는 점점 작아져
아이의 그림자에 묻혔다
여인은
남편을 밀치고
엄마의 길을 걸어갔다
그저 돈 벌어주니 필요한 사람이 되어
서운하였지만
아무 말도 할 수 없었다
선배가 술 한 잔 권하며 달랬다
다 그런 거야

아이를 키우고 나니
여인은
잃어버린 '나'를 찾기 위해
은근슬쩍 친구가 되었다
베란다 티 테이블 마주하고
이런저런 이야기 나누지만
말을 안 해도 편하다

행동이 조금씩 어눌해 지자
여인은
점점 돌보미가 되어간다
잘 알아 하는데도
아이 다루 듯 조심스럽고
이것저것 챙겨주고
이래라 저래라 간섭이 심하다
쉼 없는 잔소리에 짜증나지만
고맙기도 하다

표지 및 본문 일러스트

강자인

일러스트레이터 자인 인스타 id@dororong07

가을의 뜨락에서

1쇄 발행일 | 2020년 07월 20일

지은이 | 조우신
펴낸이 | 정화숙
펴낸곳 | 개미

출판등록 | 제313 – 2001 – 61호 1992. 2. 18
주소 | (04175) 서울시 마포구 마포대로 12, B-108호(마포동, 한신빌딩)
전화 | (02)704 – 2546
팩스 | (02)714 – 2365
E-mail | lily12140@hanmail.net

ⓒ 조우신, 2020
ISBN 979 – 11 – 90168 – 14 – 4 03810

값 15,000원